Endlich fängt die Schule an!

Eine Geschichte von Friederike Wilhelmi
Mit Bildern von Susanne Krauss

CARLSEN

Alles ist gut vorbereitet! Der Schulranzen steht fertig gepackt neben dem Bett. Die neuen Anziehsachen hängen über dem Stuhl. Doch David kann einfach nicht einschlafen. Denn morgen ist sein erster Schultag. Und er hat keine Ahnung, wie es wohl sein wird.
»Mama!«, ruft er in die Dunkelheit hinein.
Mama kommt und David fragt:
»Und wenn ich nicht neben Jakob sitzen darf?«
»Es gibt bestimmt noch andere nette Kinder in deiner Klasse«, antwortet Mama.
»Aber keiner ist so nett wie Jakob«, sagt David.
»Das weißt du doch noch gar nicht«, erwidert Mama.
»Stimmt!«, murmelt David. »Aber ich will trotzdem neben meinem besten Freund sitzen!«

F20

David versucht wieder einzuschlafen. Aber es will einfach nicht klappen. Also betrachtet er das Muster seiner Tapete. Fast jeden Abend entdeckt er darin neue Dinge und meistens schläft er darüber ein. Nur heute nicht. Denn heute erscheint in dem Muster das Schulgebäude.
Es ist sehr, sehr groß!
»Mama!«, ruft er.
Mama kommt. »Was ist denn los?«, fragt sie.
»Was ist, wenn ich mich in der Schule verlaufe?«
»Das wird nicht passieren«, sagt Mama. »Die Lehrerin wird euch alles zeigen.«
»Ach so«, sagt David und legt sich wieder hin.

David schließt seine Augen. Aber sie gehen immer wieder auf. Ganz von selbst. Also drückt er seine Fäuste gegen die Augenlider. Eine Weile betrachtet er die vielen Blitze und Farben, die dabei entstehen.

Und langsam, ganz langsam kommt der Schlaf angekrochen.
Doch David scheucht ihn schnell wieder weg, setzt sich auf und ruft:
»Mama!«
»Ich komme jetzt nicht mehr!«, ruft Mama aus dem Wohnzimmer.
»Schlaf gut!« Doch David gibt so schnell nicht auf und ruft: »Papa!«

Zum Glück kommt Papa und David fragt: »Was ist, wenn wir morgen zu spät kommen?« – »Wir kommen nicht zu spät. Unser Wecker klingelt rechtzeitig«, beruhigt ihn Papa und streichelt ihm sanft über den Kopf. »Ich will auch einen Wecker an meinem Bett«, sagt David. »Wir haben aber nur einen«, antwortet Papa. »Und jetzt versuch zu schlafen.«

Als Mama am nächsten Morgen in Davids Zimmer kommt, sitzt er schon fertig angezogen auf dem Bettrand und wartet. Sogar seinen Schulranzen hat er bereits auf dem Rücken.
»David!«, sagt Mama erstaunt. »Es ist doch noch viel zu früh!«
»Glaub ich nicht. Es ist schon ganz lange hell. Und ich will auf keinen Fall zu spät kommen«, antwortet David. In der Küche auf seinem Stuhl entdeckt David eine riesengroße Schultüte.
»Die ist aber schön!«, staunt er und nimmt sie in die Arme.
»Gehen wir?« Ungeduldig hüpft er von einem Bein auf das andere. Denn essen kann er jetzt sowieso nichts. Dazu ist er viel zu aufgeregt.

Der Schulhof ist noch fast leer. Nur ein Mädchen mit langen roten Zöpfen und ihre Eltern sind schon da. David ist beruhigt, sie sind nicht zu spät. Erwartungsvoll steht er zwischen Mama und Papa und beobachtet, wie immer mehr Leute kommen.
Da taucht Davids Kindergartenfreund Jakob auf. Jakob stellt sich sofort neben David. Schließlich hatten sie besprochen, dass sie auch in der Schule alles zusammen machen wollen.

Endlich kommt die Lehrerin. »Ich heiße Frau Müller«, stellt sie sich vor. Sie redet und redet … doch Jakob hört nicht zu. Er staunt über Frau Müllers goldene Ohrringe, die in der Sonne glitzern.
Dann versammelt die Lehrerin alle Kinder um sich und flüstert ihnen etwas zu. Die Kinder kichern. Manche lachen sogar und schließlich rufen sie alle ganz laut:

»Mama, Papa, tschüss für heute,
denn wir sind schon große Leute.
Wir lernen rechnen, lesen, schreiben,
ihr müsst leider draußen bleiben.«

Die Lehrerin packt ein langes Seil aus und bittet die Kinder, sich daran festzuhalten. Wie eine lange Schlange schlängeln sie sich gemeinsam in das große Schulgebäude.

»Hier ist euer Klassenzimmer«, sagt Frau Müller feierlich und öffnet eine Tür. »Stellt eure Schultüten an die Wand und sucht euch einen Platz.«
»Wo ist Jakob?«, fragt sich David.
Er kann ihn in dem Durcheinander gar nicht sehen. Es geht alles viel zu schnell und plötzlich sitzt David neben dem fremden Mädchen mit den langen roten Zöpfen – und nicht neben Jakob!

Unsicher guckt er sich um. Da entdeckt er Jakob.
Er sitzt ganz alleine neben dem Aquarium.
In dem Moment fragt Frau Müller:
»Wollt ihr euer Klassenzimmer kennenlernen?«
Einige rufen laut: »Ja!« Oder sie nicken.
Manche sagen gar nichts, so wie David.

»Schließt eure Augen und erzählt mir, wie euer Klassenzimmer riecht«, fordert Frau Müller die Kinder auf.

David will nicht mitmachen. Doch plötzlich riecht es nach Bonbons. Das ist der Pulli von dem Mädchen mit den langen roten Zöpfen, stellt er fest. Mmmh, wer so gut riecht, muss nett sein.

»Das riecht wie mein Hund, wenn er nass ist«, sagt das Mädchen mit den langen roten Zöpfen und taucht ihre Nase in den nassen Tafelschwamm.

Jakob fasst aus Versehen unter seinen Stuhl. »Iiih!«, ruft er. Und als er die Hand wegzieht, klebt etwas an ihm.
»Hier riecht's nach ollem Kaugummi!«

»Und jetzt geht irgendwohin, schließt eure Augen und erzählt mir, was eure Hände fühlen«, sagt Frau Müller.
David flitzt schnell zu Jakob und wuschelt in seinen Haaren. Und Jakob macht es ihm natürlich gleich nach. »Das fühlt sich an wie mein bester Freund«, kichern beide. Und das Mädchen mit den langen roten Zöpfen steht ganz dicht bei ihnen, taucht ihre Arme ins Aquarium und ruft:
»Ganz schön nass!«

»Schließt eure Augen und erzählt mir, was ihr in eurem Klassenzimmer hört«, sagt Frau Müller. Alle bleiben mucksmäuschenstill und achten auf die Geräusche. Sie hören Stimmen aus den anderen Klassenräumen und das Blubbern des Aquariums.

Keiner traut sich etwas zu sagen, denn die fremden Klänge hören sich aufregend, fast unheimlich an. RRRRING!!
Ein markerschütternder Ton dröhnt plötzlich durch das Klassenzimmer.

»Pause!«, rufen viele. »Feueralarm!«, rufen einige. Und alle laufen und reden wild durcheinander. »R U U U H E E E !!!«
Frau Müllers Stimme übertönt alles und die Kinder werden still und schauen gebannt auf ihre Lehrerin. Die hält eine Schultüte hoch.
Da können es alle hören: Der Lärm kommt aus dieser Tüte.
»Wem gehört die denn?«, ruft Frau Müller über den Klingelton hinweg.
»Mir«, sagt David und wird feuerrot.
Frau Müller holt ihn nach vorne. Gemeinsam öffnen sie die Tüte und schütten sie vorsichtig aus. Heraus kullern viele Autos, Buntstifte, Süßigkeiten und …

… ein großer, laut klingelnder Wecker.
David ist das sehr peinlich.
Trotzdem muss er kichern
wie all die anderen.

»Dein Wecker hat zum richtigen Zeitpunkt geklingelt«, sagt Frau Müller lachend. »Denn für heute ist die Schule aus. Ich bringe erst die anderen raus zu ihren Eltern, dann helfe ich dir, deine Sachen in die Tüte zurückzupacken.«
»Ich helfe ihm«, ruft Jakob und flitzt an Davids Seite.
»Ich auch!«, sagt das Mädchen mit den langen roten Zöpfen und stellt sich dazu. »Ich habe mir auch einen Wecker gewünscht. Hoffentlich bekomme ich so einen wie du.«
Als die drei alleine sind, stopfen sie die Sachen zurück in die Tüte. Aber natürlich nicht alle, denn Aufräumen macht schrecklich hungrig!

»Setzt du dich morgen zu mir?«, fragt Jakob seinen Freund David. Doch David weiß nicht recht. Das Mädchen mit den langen roten Zöpfen war gerade so nett zu ihm. Er will es nicht enttäuschen. Aber ohne seinen Freund Jakob will er auch nicht sein. »Wir können zu dritt neben dem Aquarium sitzen«, schlägt er schließlich vor. »Ja«, sagt Jakob. »Da ist genug Platz.« Und das Mädchen mit den langen roten Zöpfen nickt freudestrahlend.

»Wie heißt du?«, fragt David sie. »Hannah«, antwortet Hannah. Und als die Lehrerin die drei nach draußen bringt, weiß David eines ganz sicher: Er freut sich riesig auf morgen und auf übermorgen und auf überübermorgen und auf all die Schultage, die noch kommen werden.